LES MONDES ENGLOUTIS

IL FAUT SAUVER ARKADIA !

d'après
un scénario original
de Nina WOLMARK

adaptation et dessin :
Atelier ASYLÜM

casterman

D'après la série télévisée « Les mondes engloutis ».
Scénario, adaptations et dialogues de Nina Wolmark.
Directeur de la réalisation Michel Gauthier.

ISBN 2-203-35201-9

Arkadia est une cité réfugiée au centre de la terre...
Arkadia date d'avant le grand cataclysme...
Celui qui a englouti les continents les uns après les autres...
...Il a soulevé l'île d'Arkadia, l'a arrachée à sa racine...
...pour l'engloutir dans les profondeurs du centre de la terre...
Des millions d'années plus tard, dans la douce chaleur de son soleil, le Shagma, Arkadia s'éveille pour une nouvelle journée...

Sais-tu d'où vient notre Shagma ?
Non, Shangora, personne ne connaît l'histoire du Shagma ; demandons à Bic et Bac, ils sont là depuis si longtemps...
Qui a créé le Shagma ?
Mais... il est là depuis toujours !
PLOUF
Regarde, Shangor, le bateau des sages d'Arkadia...
Notre Shagma est bien malade...
...Son volume et sa chaleur augmentent sans cesse. Je n'ose penser à ce qui se passerait si un jour il s'arrêtait de battre...
2

Personne à Arkadia ne se souvient de la civilisation du dessus, ni des premiers Arkadiens qui, voici bien longtemps, vécurent à la surface de la terre, ni de leur étrange métal, l'orichalque dont pourtant ils continuent de célébrer la fête sur la place qui porte son nom.
Moi, je vous dis qu'il y en a !...
Pff... Des gens ? Là haut ? Réfléchis ! Qui pourrait encore vivre à la surface de la terre ?
Moi aussi, quand j'étais petit, je croyais à toutes ces légendes... Venez, pensons plutôt à décorer notre place pour qu'elle soit prête pour la fête !
Il y aura du monde, les gradins seront remplis pour voir défiler nos premières oeuvres sur la place.
Même les sages d'Arkadia seront là.
Shagshag... nous avons besoin de toi !
Sors de ton musée !
Réveille-toi ! Debout !
La fête de l'orichalque est la fête des enfants... Celle où pour la première fois de leur vie, les enfants créent et présentent un chef-d'œuvre à tous les Arkadiens réunis. Ce matin, ils attendent le très vieux Shagshag pour qu'il les aide à décorer la place...
SHAGSHAG !! SHAGSHAG !! SHAGSHAG !!
3

Shagshag !
Enfin !
Donne-nous des shaggys !
Un shaggy-balayeur !
Un shaggy-peintre !
YOUPIE !
Merci Shagshag !
Regarde comme il est mignon, celui-ci !
Vous devriez ménager Shagshag, il est très vieux...
...comme le musée d'où il sort chaque jour ; mais qui l'a fabriqué ?
Personne ne le sait. Il est là depuis toujours, comme notre Shagma.
Et maintenant, il serait temps de penser à notre chef-d'œuvre...
Tu as raison. Venez, Bic et Bac ! Allons tous au biblabo !
À l'intérieur du biblabo règne une grande agitation. De nombreuses salles sont déjà occupées par des enfants élaborant leurs oeuvres.

Shangor et Shangora s'installent dans une pièce encore libre.
Quel sera notre premier chef-d'œuvre?
Une créature de la civilisation du dessus.
Mais tu sais bien que nous sommes les seuls êtres vivants de la terre. La civilisation du dessus n'est qu'une légende.
Je crois aux légendes, moi...
Ne faiblis pas. Je t'en supplie. Oh! l'énergie shagmique diminue!
Notre shagma est vraiment très malade. Son énergie diminue de plus en plus.
Comment le guérir?
Où trouver le logiciel?...
Quelqu'un a-t-il une idée?
Bic! Bac!... Cherchez dans vos mémoires
Flashbic!... LE MUSÉE!

La nuit venue...
ZZZZZZZZZZZZZ
Shagshag est le seul à pouvoir pénétrer au musée: de toutes façons, c'est notre unique solution.
J'espère que notre ruse va marcher. Il ne faut pas réveiller les diogènes qui gardent le musée interdit, sinon...
Attention!... Cachons-nous bien...
Je me demande pourquoi ce musée est tabou, il n'y a que des vieilleries.
Cela ne vaut vraiment pas la peine de le faire garder jour et nuit.
Regarde toutes ces machines poussiéreuses, de vraies reliques.
Cherchons par ici.
HiHiHiHi!
CRR... C...ZZZZ
Ceci ne... devra jamais être révélé à nos... enfants...
6.

...Que seules les guident les tables d'Arkadia. Jamais ils ne doivent savoir que leurs ancêtres ont un jour vécu à la surface de la terre
À LA SURFACE DE LA TERRE !...
Qu'ils oublient tous ceux qui les ont combattus et n'ont pas cru au désastre, uniques survivants de la "civilisation du dessus". Seul l'oubli leur donnera le bonheur
Désormais, ils ne doivent connaître qu'un monde, celui de la nouvelle Arkadia, autour du soleil que nous avons créé : le Shagma...
CRRRRRRRR CRRRiiiiKCRTRCRR
La bande est abîmée !
Shagshag !... Essaie de te souvenir : comment vit le Shagma, comment étaient les "gens du dessus" ?
Sais pas... sais plus...
Shagmique ! ÇA REMARCHE !
CRRR
...sont des images du monde de la surface, celui d'avant le grand cataclysme...

S'il restait des "gens du dessus" sauraient-ils comment guérir notre Shagma ?
Peut-être... n'y pensez plus ... vos ancêtres n'ont-ils pas dit d'oublier ?
Oui, mais ils ont oublié de dire que le Shagma allait tomber malade !...
Retournons au biblabo !... Je sais ce que nous allons faire !
Rapidement, Shangora réunit tous les enfants au biblabo pour préparer un nouveau chef-d'oeuvre. Ils attendent que le Shagma reprenne les forces nécessaires pour l'élaboration de leur création... lorsque soudain ...
Venez voir, venez voir les rayons shagmiques !
OH !
Jamais on ne nous croira...
Il le faudra bien...

Le grand jour de la fête de l'Orichalque est enfin arrivé!
Enfants... où sont vos autres chefs-d'œuvre?
Sages d'Arkadia, Shagmir... Loria...
VOICI...
NOTRE UNIQUE CHEF-D'ŒUVRE ...

ARKANA !
OOOOOOHH!
Incroyable !
Quelle étrange allure !
Comment fait-elle pour se déplacer ?
ARKADIENS! ÉCOUTEZ-MOI ...
...Je suis différente de vous mais pas de vos ancêtres qui habitaient autrefois à la surface.
IMPOSSIBLE...
Ce n'est qu'une légende. Nous sommes seuls au centre de la terre jusqu'à la fin du Shagma.
Non! Ce n'est pas une légende. Venez dans le musée lire les tables d'Arkadia.
LE MUSÉE !
Ils ont osé entrer dans le musée.
Nous voulions guérir notre Shagma.
10

Ne rejetez pas votre passé.
Nous avons réfléchi... C'est entendu, entrons dans le musée... Mais si les "gens du dessus" existent, qui envoyer à leur rencontre ?...
... Aucun de nous ne survivrait au voyage.
SI, MOI !
Acceptez que je sois auprès d'eux votre messagère.
Les enfants ont raison. Arkana est notre seul espoir. Allons lire les tables.
Quelques instants plus tard, les sages accompagnés d'Arkana, des enfants et de Bic et Bac, pénètrent dans le musée jusqu'à la salle des ordinateurs où Shagshag les attend...
Revoyons tout cela ensemble...
CLIC !
... Desormais, ils ne doivent connaitre qu'un monde, celui de la nouvelle Arkadia, autour du soleil que nous avons créé, le Shagma Crrr Crrr nous permettre de vivre apres le grand cataclysme Ce qui suit sont des images de l'ancienne civilisation arkadienne...
?!
Mais alors... tu voles, Shagshag ?

L'antique ordinateur du musée a révélé l'origine d'Arkadia aux sages attentifs. Grâce à Shagshag qui a retrouvé sa fonction originelle de vieux vaisseau, Arkana va pouvoir s'envoler vers la croûte terrestre. Les enfants et les sages initient de leur mieux leur messagère au monde mystérieux de la surface pour qu'elle puisse le reconnaître et communiquer aux "gens du dessus" les raisons de ce long voyage : sauver Arkadia et son Shagma ... Arkana apprend et apprend encore ...

L'heure du départ approche. La vieille rampe de lancement a été remise en état. La majorité des Arkadiens sont là pour assister à l'envol de Shagshag et d'Arkana vers la surface terrestre.
Nos arcs-en-ciel auront-ils assez d'énergie pour le lancement d'Arkana?
Et pour son retour?
Vos ancêtres existent… Je reviendrai avec eux.
Adieu Arkana… Reviens vite.
Bic, Bac!
Laisse-les, Shangora, ils aideront Arkana dans sa mission.
VVVVVVVVVVRRRRRR
Désormais notre sort est entre les mains d'Arkana.

Shagshag s'envole vers un monde inconnu et déjà la minuscule Arkadia perdue au centre de la terre attend son retour. Une poussée irrésistible le propulse à une vitesse vertigineuse. Le grand voyage vers la surface terrestre est commencé.

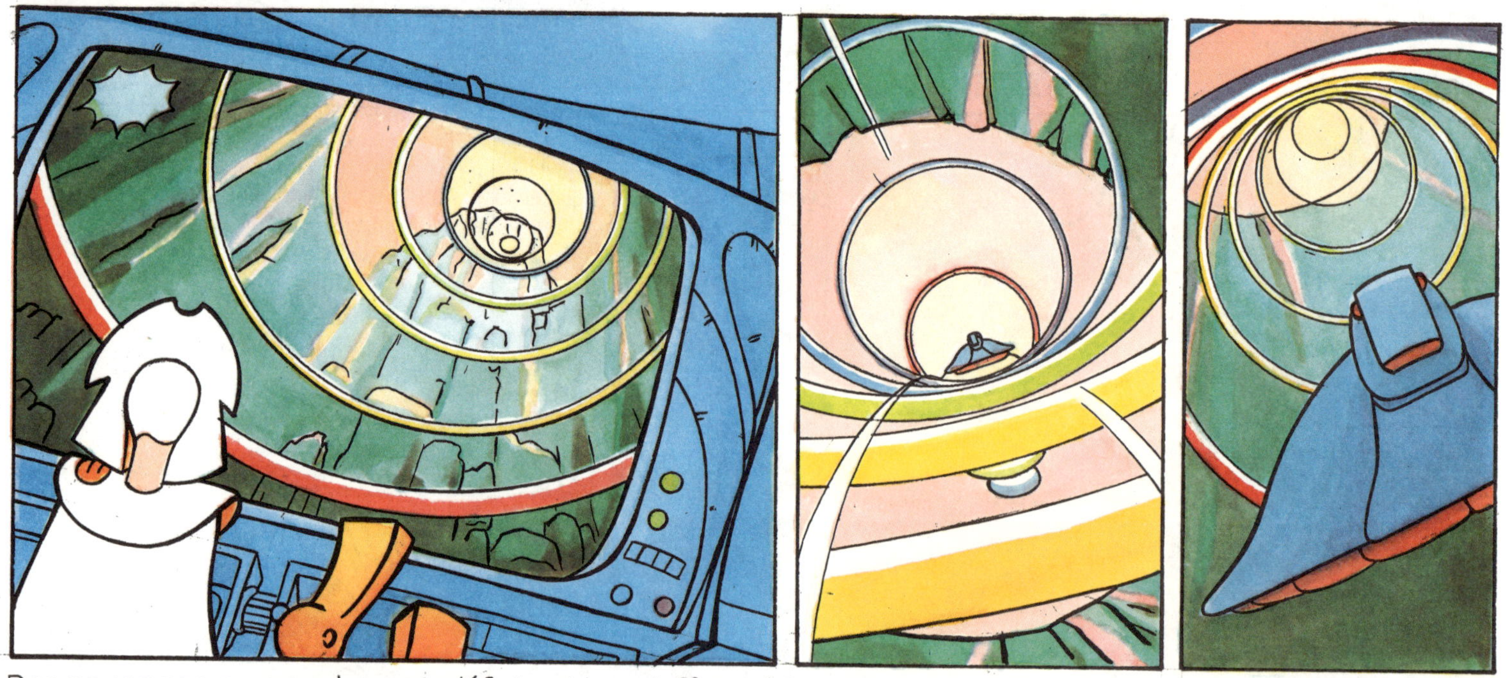

Des paysages aux couleurs indéfinissables s'offrent à leurs yeux, des formes étranges jaillissent de l'ombre, des vestiges de mondes engloutis à jamais resurgissent, des structures de métal et de végétation s'étalent entre les roches, des brumes opaques flottent dans l'atmosphère pour disparaître à l'approche d'autres univers...

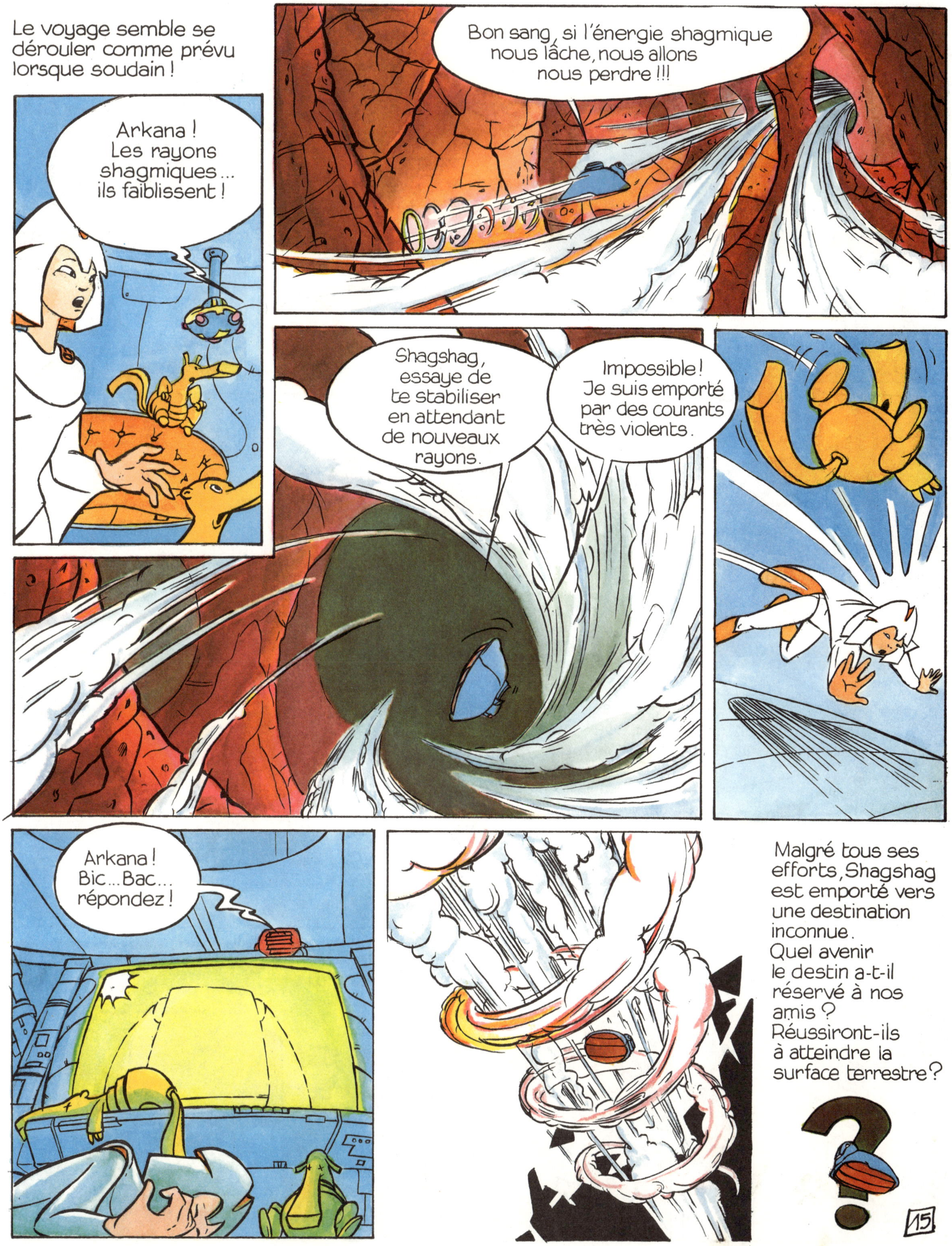
Le voyage semble se dérouler comme prévu lorsque soudain !
Bon sang, si l'énergie shagmique nous lâche, nous allons nous perdre !!!
Arkana ! Les rayons shagmiques... ils faiblissent !
Shagshag, essaye de te stabiliser en attendant de nouveaux rayons.
Impossible ! Je suis emporté par des courants très violents.
Arkana ! Bic... Bac... répondez !
Malgré tous ses efforts, Shagshag est emporté vers une destination inconnue. Quel avenir le destin a-t-il réservé à nos amis ? Réussiront-ils à atteindre la surface terrestre ?
15

Un jour de mai, sur une plage déserte...
Bob! Bob!...
BOB! EMMÈNE-MOI!
15
Non, Rebecca. La spéléologie, c'est trop dangereux.
Tu es encore trop petite.
C'est pas juste! Je ne suis plus un bébé! Tu vas voir!
Cette fois-ci, elle renonce... C'est pas possible d'avoir une sœur pareille! Bon!... L'entrée du fortin mène à la grotte.
...C'est ta première randonnée en solitaire. Objectif, le "Lac des anciens"...
16

Prendre par le puits pour éviter les cascades...
Ça n'a pas l'air si compliqué.
CRR...
CRR
PLOUF!
PLOUF!
Pfff !... Un peu plus et c'était pour moi le gros plouf.
Je ne dois plus être loin du fond.
La rivière sans étoiles.
Je suis peut-être trop petite pour son club de spéléo, mais pas pour lire une carte.
Suis la rivière jusqu'au lac des anciens.
...Mais... C'est impossible !
17.

Mais enfin, p'tite boule! Que fais-tu ici ?
Je veux voir les gens du dessous.
Personne ne vit sous terre, sauf les chauves-souris ou les marmottes... Retoune à la maison!
Pas question! Je veux voir le lac!
Puisque je te dis que c'est une légende!
Je crois aux légendes, moi!
Rebecca! Reviens ici tout de suite.
Ah! La petite peste, il va falloir que j'aille la chercher!...
Quels drôles de dessins!
OOH!
18

Une petite fille?! Ici?
Rebecca... reviens!
CHLORF!
RRRRR
19

PLOUF!
BOÏNG
BOÏNG
OH!
Qu'est-ce qu'elle a?
Je ne sais pas... en tous cas, elle respire.
OUF!!...
Voilà Shagshag avec Arkana!
Hého! Nous sommes là... Aucune trace des rayons shagmiques. Mais nous avons trouvé une petite fille... Venez vite!
Oh! du calme... C'est déjà une chance d'être sortis vivants de cette tempête qui nous a fait échouer ici, alors laissez-moi récupérer...
20.

Ecartez-vous , je vais la transporter.
CLIC!
Un peu plus tard.
Croyez-vous qu'elle soit de la "civilisation du dessus"?
Peut-être! Demandons à Shagshag.
Alors?
Je n'ai pas la moindre idée de l'endroit où nous sommes. Mais il est possible qu'elle vienne du dessus.
Regardez! Elle se réveille.
...Je... savais bien qu'ils existaient les gens du dessous.
?!?
REBECCA!
C'est Bob! C'est mon frère, mais...
21.

Mais toi, qui es-tu?
Je suis la messagère de la cité d'Arkadia.
Mate la grande!
Elle est super géophysique!
Tu veux dire que tu es... une extra-terrestre?
Non, je viens du centre de la terre.
Du centre de la terre !? Incroyable...
Et vous, d'où venez-vous ?
Nous? Juste d'au-dessus.
Donc les Arkadiens sont vos ancêtres. Depuis le grand cataclysme, nous vivions heureux au centre de la terre jusqu'au jour où notre Shagma tomba malade...
Or, tout ce que nous savons, c'est que seuls des gens du dessus peuvent le guérir. Le Shagma va exploser. Notre terre est en danger. Il faut nous aider !
Par tous les pirates du lac! C'est quoi ce truc-là !?
22

Viens Bob! Partons avec Arkana.
Non!!! Il faut remonter chercher de l'aide!
Pour qu'ils mettent Arkana en quarantaine! Pendant qu'ils vérifieront son histoire, le Shagma a tout le temps d'exploser!
Je me demande... au centre de la terre, le temps géologique ne doit pas être le même que le nôtre.
En plongée!
Personne ne s'apercevra de notre absence.
Il me les faut! Je les veux tous!!
Vidéo-transmission aux pirates de toutes les strates...
Massmédia! J'ai dit vidéo-transss sss!!!
Ok! Ok! Je transmets.
FIPIRATE
RON ZZZ RON ZZZ
ICI FIPIRATE!
C'est massmédia qui vous parle! Avis aux pirates de toutes les strates... Butin en vue sur le lac!

Les rayons shagmiques! Enfin, nous allons pouvoir rentrer chez nous.
Non!...
...Pas par là!
Paré à vibroaspirer, chef!
Hahaha! Vous allez voir, mes mignons...
Yeark! Yeark! Yeark!
CHLORF!
VIBRO-ASPIRATION TOUTE!
?!?
Nous sommes aspir...
...hagshag, fais quelque chose!
SCHCHSCHCHSCHAAA
Vite! Les sauver.

TCHAC!
?!!
Accrochez-vous au grappin. Vite, vous allez être aspirés !
Allez-y, je vous suis.
Accroche-toi, Rebecca, on arrive !
Bravo, les enfants !
À toi, Arkana.
TRITCH!
CLAC!
NON!
Ils sont aspirés !
25

Shagshag! Arkana!
Bac!
Hahaha!
Ne vous inquiétez pas, je sais comment rejoindre Arkana!
Ne pas s'inquiéter? Mais qui es-tu donc pour garder un tel sang-froid ?
Mon nom est Spartakus. Je suis né et j'ai grandi dans les strates... Je sais où vont les pirates du lac...
Venez, il faudra traverser beaucoup de strates, mais nous pourrons peut-être sauver vos amis.
Plus tard, sous la base des pirates...
HAHA HA HA
LALALÈREU
OUAIS!
YOUPI!
C'EST NOUS LES PIRATES DU LAC
LES ROIS DE TOUTES LES STRATES!
TRALALÈREUUU!
Dou bidou dibida!
Pendant ce temps, Arkana croupit dans une cage...
Comment faire pour s'évader ?
Et maintenant, nous allons nous partager le butin!
Ça veut dire quoi, butin ?
LE BUTIN LE BUTIN LE BUTIN!
BOUM
BOUM
BOUM
BOUM
C'est quoi butin?
CHLING
CHLONG
CLING!
GLONG

Pourquoi sommes-nous ici ?
Pour être vendus comme du bétail...
Oh! Comment as-tu fait ça, Arkana?
CHTONK
RRRRRRRRR
?!
Trop tard! Cache-toi!
LE BUTIN
OUAIS!
RHÂ!
Mais!
La messagère de la strate inconnue... Où est-elle?
Elle s'est échappée!
Impossible! Recherchez-la!
Je la veux!
Ici Fipirate, Alerte! Alerte! Alerte! Une esclave s'est évadée!
27

ALERTE!
ALERTE!
JJJON
PAF!
Hihihi!
Il y a un sas ouvert à l'arrière!
ZAP
SHHHHH
Shagshag! Bac!
Surtout, ne bougez pas d'ici. Je pense savoir où se trouve Arkana.
Ici Fipirate!! Retrouvez-la moi!!
Arkana!!

Vite ! Partons !...
Venez avec nous !
A' quoi bon...
Rejoignons les enfants et Shagshag Il faut sortir d'ici !
Les voilà ! Rattrapez-les !
PAF
OUCH !
Dépêchez-vous ! Shagshag est prêt à décoller !
Ouf !
Il était temps
AUX SCOOTERS !!!
Les pirates nous poursuivent !
RRRRRRR...
Haha ! Nous les tenons. Ils ne peuvent plus nous échapper.
29

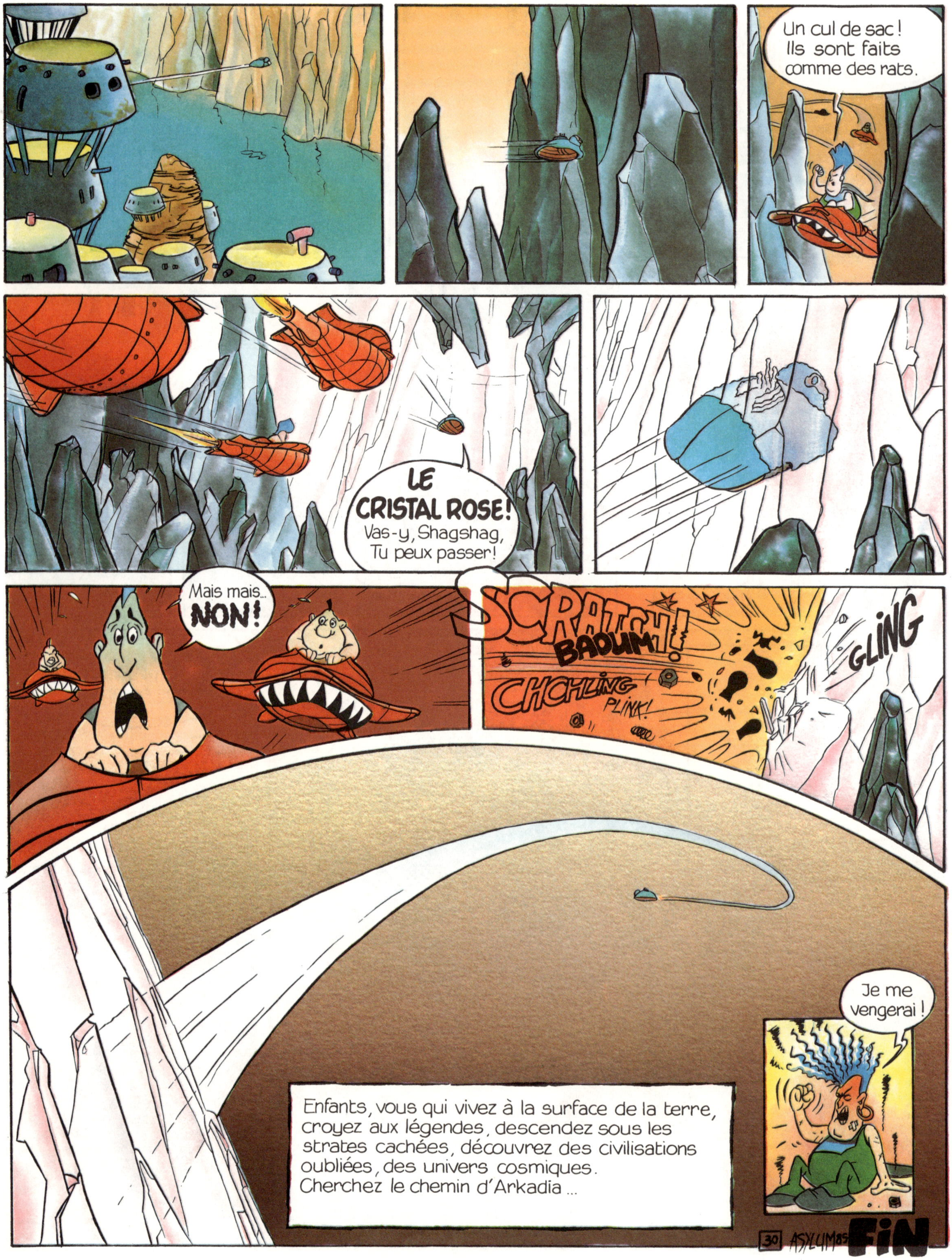

Imprimé en Belgique par Casterman, s.a., Tournai, novembre 1985.
N° édit.-impr. 2085. Dépôt légal : novembre 1985. D. 1985/0053/151.
Déposé au Ministère de la Justice, Paris
(loi n° 49.956 du 16 juillet 1949 sur les publications destinées à la jeunesse).